Straeon y Tylwyth Teg

Myrddin ap Dafydd

Lluniau gan Graham Howells

Argraffiad cyntaf: Mai 2005

ⓗ testun: Myrddin ap Dafydd 2005

ⓗ lluniau: Graham Howells 2005

Rhif Llyfr Safonol Rhyngwladol:
0-86381-978-8

Cynllun clawr: Adran Ddylunio Cyngor Llyfrau Cymru

Cyhoeddir dan gynllun comisiwn
Cyngor Llyfrau Cymru

Argraffwyd yn yr Eidal

Cyhoeddwyd gan Wasg Carreg Gwalch,
12 Iard yr Orsaf, Llanrwst, Dyffryn Conwy, LL26 0EH.

☏ 01492 642031
🖷 01492 641502
✉ llyfrau@carreg-gwalch.co.uk
carreg-gwalch.co.uk

Cynnwys

Pwy oedd y Tylwyth Teg?

Straeon am y bobl fach – y tylwyth teg – yw'r rhain, straeon sydd wedi bod yn rhan o fywyd y Cymry ers cannoedd o flynyddoedd. Er bod gan bobl erstalwm lawer o barch at y tylwyth teg, roedd ganddynt hefyd dipyn bach o'u hofn!

Pobl tua'r un maint â phlant bach, yn aml yn gwisgo dillad gwyrdd, oedd y tylwyth teg, ac yn hoff iawn o gerddoriaeth a dawnsio. Roedd ganddyn nhw eu gwlad eu hunain ac roedd modd cyrraedd yno drwy ogof neu waelod llyn neu wely afon. Roeddent yn gyfoethog dros ben ac roedd eu hanifeiliaid yn rhai arbennig iawn. Doedd eu hamser nhw ddim yr un fath â'n hamser ni – mae llawer o straeon yn cael eu hadrodd am bobl yn mynd i ddawnsio gyda'r tylwyth teg gan feddwl eu bod wedi bod oddi cartref am noson, ond yna'n cael braw o ddeall yn y bore eu bod wedi bod i ffwrdd am flynyddoedd!

Roedd gan y tylwyth teg hud a phŵer ac roedden nhw'n llawn triciau. Eto, roedden nhw'n garedig iawn at bobl dlawd a'r rhai oedd yn eu helpu – ond gwae chi os na fyddech yn cadw cyfrinach y tylwyth teg!

5

Aur y Tylwyth Teg

Doedd dim byd tebyg i ddawns a cherddoriaeth fywiog i roi pleser i'r tylwyth teg. Gallent ddawnsio drwy'r nos!

Ffidlwr oedd Siencyn, ac roedd yn croesi rhostir unig ar ei ffordd yn ôl i'w gartref un noson pan welodd res o oleuadau'n wincio fel sêr yn y tywyllwch, ychydig bellter oddi wrtho. Aeth tuag atynt a gwelodd balas braf. Roedd yn hollol sicr nad oedd y palas yno pan basiodd heibio yn gynharach y diwrnod hwnnw. Wrth ddod yn nes ato – gan deimlo ychydig bach yn ofnus – gwelodd dyrfa o bobl fach yn dawnsio allan drwy borth y palas ac yn galw arno:

"Siencyn! Siencyn! Tyrd i ganu dy ffidil i ni!"

Roedd Siencyn wrth ei fodd yn cael gwahoddiad i ganu'r ffidil, oherwydd gwyddai mai dim ond y cerddorion gorau fyddai'n cael eu dewis i roi adloniant i'r tylwyth teg. Tynnodd ei ffidil o'r sgrepan oedd ar ei gefn a dilyn y bobl fach i mewn i'r palas.

Canodd Siencyn alawon dawns ar ei ffidil yn y neuadd wych. Symudai'r tylwyth teg fel pe bai awel o dan eu traed, gan weu drwy'i gilydd yn llawen ac yn lliwgar. Yna canodd Siencyn alawon gwylltach a mwy bywiog. Teimlodd nad oedd wedi canu'r ffidil gystal â hyn erioed o'r blaen. Roedd gweld y tylwyth teg yn dawnsio mor sionc yn rhoi rhyw egni rhyfedd iddo yntau hefyd.

Cân ar ôl cân, dawns ar ôl dawns – doedd neb yn cyfri nac yn poeni am amser. Yn y diwedd, galwodd un o'r bobl fach arno:

"Siencyn! Dyna ddigon am y tro! Tyrd i gael rhywbeth i'w fwyta – mae'n siŵr dy fod wedi blino'n lân erbyn hyn."

Aethon nhw â Siencyn at fwrdd yn llawn o fwydydd blasus. Ar ôl bwyta, roedd y ffidlwr druan yn ei chael hi'n anodd i gadw'i lygaid yn agored. O! roedd wedi blino cymaint, gallasai'n hawdd fod wedi syrthio i gysgu ar lein ddillad! Gwelodd gadair hir, feddal, werdd, esmwyth. Eisteddodd arni i gael hoe fach; cyn hir roedd yn gorwedd ar ei hyd ar y gadair, yn chwyrnu cysgu'n braf.

Pan ddeffrodd Siencyn, doedd dim sôn am y tylwyth teg . . . na'r palas . . . na'r gadair werdd, esmwyth. Cafodd ei hun yn gorwedd ar fryncyn gyda'i ffidil a'i sgrepan yn gorwedd gerllaw.

Cododd a rhwbio'i lygaid. Clywodd rywbeth yn tincian yn ei boced. Beth oedd yno, tybed? Ffidlwr tlawd oedd Siencyn a doedd ganddo fyth fawr o arian yn tincian yn ei boced. Rhoddodd ei law i mewn i weld – ac er mawr syndod iddo, gwelodd fod cwdyn bach gydag ugain darn o aur ynddo yn ei boced. Ffortiwn! Dyna oedd ei dâl am ddifyrru'r tylwyth teg yn y ddawns y noson cynt.

Dechreuodd gerdded adref yn hapus, gan ddychmygu'r croeso cynnes a gâi gan ei wraig! Yna, sobrodd. Doedd wiw iddo sôn am gyfrinach aur y tylwyth teg wrth neb. Pe bai'n gwneud hynny, byddai'r tylwyth teg yn dod a chipio'r trysor yn ôl. Pan gyrhaeddodd adref, aeth Siencyn yn syth i lofft y nenfwd yn ei fwthyn bach, a chuddio'r god fechan llawn o aur yn y to gwellt.

Beth amser wedyn, roedd ei wraig yn cwyno'n drist eu bod nhw mor dlawd. Teimlai Siencyn drueni drosti. Aeth i fyny i lofft y nenfwd yn ddistaw bach, a phan ddaeth yn ôl i'r gegin, rhoddodd ddarn o aur iddi heb ddweud 'run gair.

"Ble cefaist ti'r aur yma?" holodd hithau mewn syndod. "Oes gen ti ragor ohono? Ydan ni'n gyfoethog?"

Am ddyddiau, bu gwraig Siencyn yn ei blagio gyda chwestiynau. Yn y diwedd, sibrydodd ei gyfrinach wrthi.

"Ugain darn o aur?" sgrechiodd ei wraig. "Gad i mi weld y trysor!"

Ond pan estynnodd Siencyn am y god fechan o'r to gwellt, doedd dim sŵn tincian yn dod ohoni. Agorodd hi, a gweld − er mawr siom iddo ef a'i wraig − nad oedd ynddi ddim byd ond llond llaw o gregyn cocos. Dyna oedd cosb Siencyn am fradychu cyfrinach y tylwyth teg.

Castell Tywod

Os ewch i Benrhyn Gŵyr heddiw, efallai y cewch chi gyfle i weld castell Pennard – castell hardd sy'n wynebu'r môr gyda'i draed yn nhywod melyn y bae. Yn ôl rhai, mae hud y tylwyth teg dros y castell hwnnw.

Flynyddoedd maith yn ôl, daeth y Normaniaid i'n gwlad gan geisio dwyn y tir oddi ar y Cymry. Gan fod y Cymry'n gwrthod ildio iddynt, cododd y Normaniaid lawer o gestyll er mwyn dangos pa mor gryf a chyfoethog oedden nhw. Daeth un Norman balch i Benrhyn Gŵyr a hwnnw gododd gastell Pennard.

Roedd perchennog y castell yn ŵr creulon a hunanol. Pan nad oedd yn hela'r Cymry, roedd wrth ei fodd yn hela anifeiliaid yn y cwm coediog sydd y tu ôl i'r castell. Un diwrnod, mewn llannerch yn y goedwig honno, daeth ar draws Cymraes fach ddel yn dawnsio'n fywiog o flaen ei ffrindiau. Arhosodd i edrych arni mewn edmygedd.

"Mi fyddai'n beth da i ni gael tipyn o adloniant yn y castell llwyd ac oer yna," meddai'r Norman wrth ei weision. "Daliwch y ferch acw ac ewch â hi'n ôl i'r castell!"

Cipiwyd y ferch a'i chloi mewn stafell yn nhŵr y castell. Wylodd y ferch. Roedd hi bron â thorri ei chalon. Ond nid oedd neb yn y castell yn deall ei hiaith nac yn gwrando arni. Calon mor galed â cherrig ei gastell oedd gan y Norman. Aeth yn ôl at ei hela.

Mae'r tylwyth teg yn meddwl y byd o bobl sy'n mwynhau cerddoriaeth a dawns. Roedd llygaid bach yn y coed wedi gweld y Norman yn dwyn y ferch. Ac roedd clustiau bach ger y traeth wedi ei chlywed yn wylo.

Y noson honno, dychwelodd y Norman o'r helfa yn teimlo'n llwglyd ar ôl diwrnod hynod lwyddiannus. Galwodd am fwyd a diod, ac roedd ef a'i weision a'i filwyr yn mwynhau gwledd yn y neuadd fawr pan gododd gwynt nerthol, sydyn yn y bae y tu allan i'r castell. Cododd y gwynt ronynnau o dywod oddi ar y traeth a'u hyrddio at y castell. Y tu mewn i'r neuadd, sylwodd un neu ddau fod ychydig o dywod yn dod i mewn o dan y drws a thrwy'r tyllau saethu yn y muriau.

Cyn hir, roedd haen ysgafn o dywod yn gorchuddio llechfeini'r llawr. Pan oedd y tywod yn gorchuddio esgidiau'r milwyr, dechreuodd un neu ddau ohonynt boeni.

Cyn hir, roedd y tywod yn cyrraedd eu pengliniau. Stryffaglodd un neu ddau allan o'r castell drwy'r haen drwchus o dywod, a ffoi am eu bywydau.

Ymhen fawr o dro, roedd lluwchfeydd o dywod yn chwyrlïo drwy'r castell. Roedd rhai o'r Normaniaid bellach wedi cael eu carcharu yn eu seddau yn methu dianc oddi yno. Cododd arglwydd y castell ei glogyn dros ei wyneb gan ei bod hi'n anodd anadlu yno erbyn hynny. Yn ara deg, llanwodd y tywod ei geg a'i ysgyfaint.

Daliodd y storm gynddeiriog i ruo drwy'r nos. Gwyddai'r Normaniaid bellach nad gwynt naturiol oedd hwn. Storm y tylwyth teg oedd hi – storm yn dial ar y Norman balch am gipio'r ddawnsferch ifanc.

A beth oedd hanes y ferch? Chwythwyd y tywod o'r traeth yn fynydd uchel o dan ffenest ei stafell yn y twr. Camodd hithau allan drwy'r ffenest a llithro i lawr y twmpathau tywod, yn ôl yn ddiogel at ei theulu yn y goedwig.

Erbyn y bore, doedd dim sôn am yr un Norman yn yr ardal, a dim ond pigau uchaf tyrau castell Pennard oedd i'w gweld yn codi allan o'r twyni tywod.

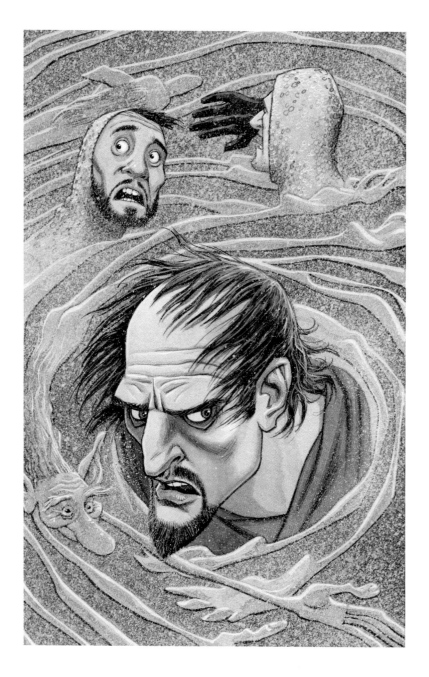

Sawl tro dros y blynyddoedd, bu rhai'n ceisio clirio'r tywod o gastell Pennard. Ond waeth faint o dywod fyddai'n cael ei lanhau oddi yno yn ystod y dydd, byddai'r gwynt o'r bae yn siŵr o'i chwythu'n ôl i'r castell yn ystod oriau'r nos.

Does neb wedi llwyddo i fyw yno ers hynny. Dywed rhai fod swyn y tylwyth teg ar y lle o hyd. Ond mae plant i blant y ddawnswraig fach yn dal i fyw yn y fro, ac mae'r teulu'n dal i adrodd y stori am sut y cafodd ei hachub gan storm y tylwyth teg, flynyddoedd maith yn ôl.

Y Fuwch Gyfeiliorn

Mae'r fuwch ddu Gymreig yn enwog drwy'r byd.
Buwch fach wydn a chryf yw hi, yn dda am fagu
lloi ac yn medru dioddef gaeafau caled heb
drafferth. Mae'n rhan naturiol o dir Cymru. Ond
ychydig sy'n gwybod mai un o wartheg y tylwyth
teg ydi hi.

Uwchben Aberdyfi ym mynyddoedd
Meirionnydd, mae llyn o'r enw Llyn Barfog –
cafodd yr enw am fod brwyn a hesg yn tyfu'n dew
drwyddo gan edrych fel tyfiant blewog ar wyneb.
Yng ngwaelod y llyn, medden nhw, roedd yr
agoriad i wlad y tylwyth teg. Byddai'r bobl fach yn
cael eu gweld yn aml ar hyd y glannau – gyda'u
cŵn gwynion a'u gwartheg lliw llaeth. Fyddai neb
yn medru mynd yn agos at yr anifeiliaid rhyfeddol
yma, a phob gyda'r nos byddent i gyd yn cael eu
tywys i'r llyn gan y tylwyth teg, ac yn diflannu.

Dafliad carreg o'r llyn, roedd ffermwr tlawd
yn byw yn Nrws y Nant. Dwy hen fuwch dila
oedd y cyfan oedd ganddo. Bob nos, edrychai'n
hiraethus ar wartheg y tylwyth teg yn mynd o'r
golwg i'r llyn.

"Dyna braf fyddai cael un o wartheg gwych y tylwyth teg," meddai'r ffermwr yn uchel.

Un bore, pan aeth y ffermwr allan i odro ei ddwy fuwch, gwelodd fod un o wartheg y tylwyth teg yn y cae gyda nhw. Buwch wen, raenus oedd honno ac edrychai'n hollol gartrefol ar y ffermwr tlawd – yn union fel pe bai'n benderfynol o aros gyda'i ffrindiau newydd.

Ar y dechrau, roedd y ffermwr yn poeni y byddai'r bobl fach yn meddwl ei fod wedi dwyn un o'u gwartheg. Ond ddigwyddodd dim byd drwg iddo, a chyn hir gwyddai mai anrheg iddo oedd y fuwch. Roedd ei llaeth yn hyfryd ac yn gwneud menyn a chaws arbennig o flasus. Daeth enw da i gynnyrch Drws y Nant yn y farchnad, a chafodd y ffermwr brisiau da amdano. Ymhen rhai misoedd, cafodd y fuwch wen ddau lo oedd mor raenus â hi ei hun. Ymhen ychydig flynyddoedd, roedd y ffermwr yn gyfoethog dros ben!

Ond aeth yn rhy farus. Sylwodd fod y fuwch gyntaf wedi mynd braidd yn dew, a phenderfynodd ei lladd am ei chig.

Cyrhaeddodd y cigydd un diwrnod – a chriw mawr o bobl gydag ef wedi dod i weld y fuwch enwog yn cael ei lladd. Pan gododd y cigydd ei fraich i drywanu'r fuwch â chyllell, clywodd y dyrfa sgrech annaearol. Parlyswyd braich y cigydd a syrthiodd ei gyllell finiog i'r llawr.

Draw wrth y llyn, gallai'r ffermwr weld gwraig fain mewn dillad gwyrdd yn galw'r gwartheg adref gyda chân ryfedd: "Dere di'r anifail gwyn, buwch gyfeiliorn y llyn, a chyda dy deulu mawr, tyrd yn ôl adref yn awr."

Clywyd carnau'r gwartheg yn ysgwyd y ddaear yn y cwm uchel wrth i ddegau o wartheg gwynion ruthro am ddŵr barfog y llyn. Rhedodd y ffermwr ar eu hôl, ond erbyn iddo gyrraedd glan y llyn, roedd y wraig fain a'r gwartheg ymhell i mewn yn y dŵr ac yn suddo i lawr i'r gwaelodion. Trodd y wraig a chodi'i llaw yn wawdlyd cyn diflannu.

Chwipiodd y gwartheg eu cynffonnau'n ddirmygus wrth ffarwelio – a'r eiliad nesaf doedd dim i'w weld ond tonnau mân ar wyneb y dŵr.

Un cysur bach a gafodd y ffermwr – roedd un o'r gwartheg wedi dewis aros ar ôl. Pan gyrhaeddodd ati, roedd wedi colli ei chôt liw llaeth ac wedi troi'n hollol ddu. Buwch ifanc, heb dyfu i'w llawn dwf, oedd hi – ac ni thyfodd yn ddim mwy nag yr oedd hi y diwrnod hwnnw.

Bu fyw i oedran teg, ac er ei bod braidd yn fach, roedd yn fuwch dda a chynhyrchiol. Ohoni hi – buwch y tylwyth teg – y tyfodd brid y gwartheg duon Cymreig sydd mor gartrefol ar fynyddoedd a bryniau Cymru heddiw.

Gwlad y Tylwyth Teg

Bugail ar Fynydd Preseli ym Mhenfro oedd Einion ac, wrth gwrs, roedd yn adnabod y tir uchel hwnnw fel cefn ei law. Ond un tro, aeth ar goll mewn niwl trwchus yno. Cafodd ei hun mewn cylch o wair gwyrddlas, tywyll a theimlai'n ofnus oherwydd gwyddai ei fod wedi cerdded i mewn i gylch y tylwyth teg.

Er ceisio'i orau glas i ddod yn rhydd o'r cylch, methu'n lân â gwneud hynny roedd Einion bob gafael. Pan oedd yn chwys domen ac yn crynu gan ofn, daeth hen ŵr mwyn gyda llygaid gleision ato.

"Rwy'n ceisio dod o hyd i'r ffordd adref," meddai Einion wrtho.

"Mi wn i hynny. Dilyn fi," meddai'r hen ŵr wrtho.

Daethant at garreg fawr gron, a chan ddefnyddio'i ffon, trawodd yr hen ŵr hi dair gwaith. Symudodd y garreg i ddangos mynedfa gyfyng a grisiau'n mynd i lawr i grombil y ddaear.

"Dilyn fi," meddai'r hen ŵr eto. "Paid ag ofni. Wnaiff dim byd drwg ddigwydd iti."

Cyn hir, daethant i wlad goediog, doreithiog, hardd gyda phlasau gwych ac afonydd gloyw ynddi.

Roedd yr adar yn canu'n felys a'r wlad i gyd fel pe bai'n gwenu. Gwyddai Einion ei fod yng Ngwlad y Tylwyth Teg.

Daethant at blasty'r hen ŵr, a dotiodd y bugail at yr offerynnau cerdd, y llestri aur ac arian a'r dysglau o fwyd oedd yn dod at y bwrdd ohonynt eu hunain! Clywai leisiau'n siarad mewn iaith ddieithr, ond ni allai weld neb.

Ceisiodd ddweud rhywbeth wrth yr hen ŵr, ond nid oedd yn medru symud ei dafod nac yngan gair. Yna, daeth gwraig hardd atynt a thair o'r merched harddaf a welodd llygaid erioed. Edrychodd y rheiny'n slei arno gyda gwên yn chwarae ar eu gwefusau. Ceisiodd Einion siarad, ond methodd eto.

Ar hynny, daeth un o'r merched ato, tynnu ei bysedd drwy'i wallt tonnog a phlannu cusan ar ei wefusau. Yn sydyn, teimlodd Einion ei dafod yn cael ei ryddhau. Gallai siarad eto – ac ar ben hynny, gallai ddeall iaith y tylwyth teg hefyd.

Arhosodd yno am flwyddyn gron, dan swyn y wlad a gwefusau cochion y ferch honno.

Ymhen amser, daeth hiraeth drosto. Gofynnodd Einion i'r hen ŵr – brenin y tylwyth teg – a gâi fynd yn ôl i wlad ei fam a'i dad am sbel. Roedd Olwen, y ferch oedd wedi'i gusanu, yn drist ei fod eisiau gadael.

"Ddoi di byth yn ôl i'm gweld i," meddai.

Teimlodd Einion ias yn mynd drwyddo, ond ar ôl addo y deuai yn ei ôl, cafodd ganiatâd i adael. Cafodd ddillad hardd i'w gwisgo, a digon o aur gan y tylwyth teg ar gyfer y daith.

Pan gyrhaeddodd ei hen gartref, roedd popeth wedi newid a neb yn ei adnabod, oherwydd mae ein hamser ni'n hedfan yn llawer cynt nag amser yng Ngwlad y Tylwyth Teg. Roedd rhai o'r hen bobl yn cofio stori am fugail a aeth ar goll ar y mynydd ryw dro.

Ni ddywedodd Einion wrth undyn byw ble'r oedd wedi bod. Rhyfeddai pawb at ei ddillad hardd, ac roedd amryw yn holi sut ei fod mor gyfoethog.

Ond ar ôl iddo fod yno am sbel, dechreuodd Einion hiraethu am Wlad y Tylwyth Teg, a'r holl ffrindiau oedd ganddo yno. Felly, un diwrnod, penderfynodd adael ei hen gartref unwaith eto.

Pan ddychwelodd Einion i Wlad y Tylwyth Teg, roedd pawb yn falch o'i weld ac fe gafodd groeso cynnes iawn gan Olwen. Priododd y ddau yn fuan wedyn gan fyw'n hapus gyda'i gilydd.

Daeth awydd mynd adref dros Einion eto ymhen amser, ac roedd yn awyddus i fynd â'i wraig gydag ef y tro hwn. Wedi crefu'n hir ar frenin y tylwyth teg, cawsant ganiatâd i fynd. Cawsant anrhegion drud ganddo, a dwy ferlen wen fel yr eira ar gyfer y daith.

Roedd pawb yn yr hen wlad wedi dotio at Olwen – doedd neb harddach na hi ar wyneb y ddaear. Pan anwyd mab iddyn nhw – Taliesin – roedd hwnnw eto'n fachgen glân a golygus.

Byddai hen wragedd yr ardal hel straeon gan geisio cael hanes Olwen a holi o ble'r oedd hi wedi dod.

"Ai un o'r tylwyth teg ydi hi?" gofynnodd un ohonyn nhw wrth Einion.

"Ydi, mae hi'n deg," atebodd y bugail gyda gwên. "A phe baech chi'n gweld ei dwy chwaer hi, mi welsech fod ei thylwyth hi'n deg iawn hefyd!"

Chwarae teg i Einion, llwyddodd i gadw cyfrinach y tylwyth teg hyd y diwedd!

Straeon Plant Cymru 2
Ogof y Brenin Arthur

Bugail yn cael y braw
rhyfeddaf wrth ddod ar draws
llond ogof o drysorau a milwyr
yn cysgu . . .

Straeon Plant Cymru 3
Gelert,
y Ci Ffyddlon

Un o ffefrynnau plant Cymru
– stori am gi Llywelyn, y babi
yn y crud a'r blaidd . . .

Straeon Plant Cymru 4
Barti Ddu,
Môr-leidr o Gymru

Wyddech chi mai Cymro oedd
y môr-leidr mwyaf lliwgar a
llwyddiannus a welodd y byd
erioed . . . ?